COLLECTION DIRIGÉE PAR JEANINE ET JEAN GUION

La classe de 6ᵉ au Futuroscope

La classe de 6ᵉ

- La classe de 6ᵉ et les hommes préhistoriques
- La classe de 6ᵉ tourne un film
- La classe de 6ᵉ au Futuroscope
- La classe de 6ᵉ découvre l'Europe
- La classe de 6ᵉ et les extraterrestres

© Hatier Paris 2003, ISSN 1259 4652, ISBN 2-218 74391-4

La classe de 6e au Futuroscope

Une histoire d'Hélène Kérillis
illustrée par François San Millan

HATIER

Les personnages de l'histoire

Le Tondu : petit débrouillard, jamais à court d'idées.
Son passe-temps favori : tout expérimenter.

Crème-Baba : incorrigible gourmande.
Son dessert préféré : le baba à la chantilly.

D'Artagnan : doux rêveur toujours dans la lune.
Sa passion : les animaux.

Double-Dose : porte un gilet bourré de médicaments.
Sa vocation : devenir médecin.

Cocoax : grenouille apprivoisée de D'Artagnan.

M. Whé : professeur de technologie.

*C'est après avoir découvert le site
extraordinaire du Futuroscope que l'auteur
de la série « La classe de 6e » a décidé
d'en faire le cadre d'une nouvelle aventure.
Les lieux sont fidèlement décrits, mais bien
sûr, les événements et personnages sortent
tout droit de son imagination !*

1

– Crème-Baba ! chuchote ma voisine en me poussant du coude. Fais passer derrière !

Une feuille chiffonnée, qui a fait plusieurs fois le tour de la classe pendant le cours de technologie, atterrit sur ma table. Je n'ai pas le temps de la saisir que ma voisine murmure précipitamment :

– Attention !

Au même moment, un autre avertissement me parvient sous la forme d'un coup de pied lancé par Le Tondu, le copain assis derrière moi. Je jette un coup d'œil vers le bureau du professeur et je reste paralysée par la peur. En quelques enjambées, monsieur Whé a traversé la salle et se dresse devant moi, menaçant. Il tend la main, et sans un mot, il s'empare de la feuille. Aussitôt, un silence de mort s'abat sur la classe de sixième.

On entend le bruit sec du papier déplié. Les yeux sur la feuille, le professeur se fige comme une statue. Pas un muscle de son visage ne bouge. De toute façon, monsieur Whé ne crie jamais, ne gesticule jamais. Il lui suffit de paraître et la classe est comme prise dans les glaces du Grand Nord.

J'ai la gorge serrée, comme si une grosse main s'était plaquée sur mon cou et serrait de plus en plus fort. Maintenant, monsieur Whé tortille la poignée de crins qui lui sert de moustache. C'est toujours mauvais signe.

– Punition collective, déclare-t-il d'une voix métallique. Pour demain, chapitre cinq à recopier en entier. Compris ?

À ce moment précis, une sonnerie déchire le silence. C'est la fin des cours de la journée. Livres, cahiers, stylos, tout disparaît dans mon sac à une vitesse record. La moitié des élèves est déjà sortie quand le professeur me lance :

– Toi, viens par ici !

De nouveau la peur me saisit à la gorge. Je regarde avec désespoir les derniers élèves qui franchissent le seuil de la classe. Personne n'aura donc le courage d'affronter le terrible monsieur Whé avec moi ? Non… personne. Dans la classe désertée, je n'entends plus que le tam-tam désordonné qui cogne dans ma poitrine.

– J'attends une explication, déclare le professeur. Compris ?

La voix est d'un calme absolu, effrayant. Le buisson de crins a frémi. J'avale ma salive avec difficulté. J'ouvre la bouche, mais aucun son n'en sort. Je passe ma langue sur mes lèvres et…

– C'est de ma faute, murmure une autre voix que la mienne.

Dans l'encadrement de la porte se tient Le Tondu. Sans doute écoutait-il dans le couloir avant de se décider à intervenir. Je pousse un soupir de soulagement et je laisse mon copain raconter l'histoire de la feuille.

Elle s'intitule « Portrait de Monsieur Whé ». C'est un dessin réalisé hier à l'ordinateur par Le Tondu. Ce matin, mon copain a eu ce qu'il appelle une idée de génie. Il a mis son œuvre en circulation dans la classe avec ces mots : « À compléter selon vos désirs… »

Personne ne s'en est privé. Chaque fois que la feuille repassait sur ma table, il y avait des nouveautés : une verrue en plus, une dent en moins, des moustaches en fil de fer barbelé, un nœud coulant en guise de cravate, etc.

Le Tondu vient de tout avouer. Il se tait et

Quel est le sujet de l'exposé que doit préparer Le Tondu ?

contemple ses baskets avec résignation. Monsieur
Whé triture sa moustache. Soudain il se lève,
s'appuie des deux mains sur son bureau et
plonge ses yeux dans les yeux du Tondu.

— Tu as un ordinateur ? lui demande-t-il d'un
ton coupant.

Muet d'étonnement, Le Tondu regarde le
professeur avec des yeux ronds.

— Eh bien, tu as un ordinateur, oui ou non ?
répète Monsieur Whé avec un frémissement des
moustaches.

Le Tondu se lance dans des explications
techniques : logiciels, icones… Et le professeur
semble comprendre cette langue étrangère !

— Bien ! dit-il quand Le Tondu s'arrête à bout
de souffle et de connaissances. La semaine
prochaine, tu feras à la classe un exposé sur les
ordinateurs. Compris ?

Et il nous renvoie d'un geste. Nous restons
cloués au sol tellement c'est inattendu. Le
Tondu réagit le premier et m'entraîne vers la
porte. Nous allons sortir quand le professeur
ajoute avec un sourire de requin :

— Et après l'exposé, je vous réserve une
surprise…

Quelques instants plus tard, nous dévalons les escaliers du collège. En bas nous retrouvons Double-Dose, ma meilleure copine et la meilleure élève de la classe.

– Une surprise ? demande-t-elle, méfiante. Je n'aime pas ça du tout…

À peine avons-nous franchi le portail du collège que nous apercevons D'Artagnan, le dernier copain de la bande, assis sur le trottoir. De l'eau claire s'échappe d'une vanne publique et vient éclabousser ses chaussures. Est-ce qu'il prend un bain de pieds tout chaussé ? Il est tellement distrait qu'avec lui tout est possible.

– Bon, ça suffit, maintenant ! s'exclame-t-il en s'adressant à ses chaussures. Dix minutes sous la douche, c'est assez !

– Coa ! Coa ! s'écrie une voix.

Un instant, j'ai cru que c'étaient les chaussures qui parlaient. Mais soudain Cocoax, la grenouille apprivoisée de D'Artagnan, saute sur le trottoir. Elle vient de se rafraîchir après une journée de classe passée dans la poche de son maître.

D'Artagnan s'aperçoit enfin de notre présence.

– Je vous croyais tous partis sans moi, déclare-t-il. D'où sortez-vous ?

– On a réglé l'affaire du portrait avec monsieur Whé…

– Le portrait ? Quel portrait ? demande D'Artagnan.

Et voilà ! Une fois de plus, D'Artagnan était dans la lune en cours de technologie ! Si nous n'étions pas là pour veiller sur lui, il passerait son temps en heures de retenue, devoirs supplémentaires et autres réjouissances du même genre…

La semaine qui suit se passe dans un étrange climat. Certains camarades ont promis au Tondu une surprise du genre musclé, derrière la cantine, au cas où celle de monsieur Whé ne leur conviendrait pas. Cela n'a pas l'air d'émouvoir mon copain. Il passe son temps dans les livres et les revues d'informatique, il feuillette pendant les cours, pendant les récréations, et même la nuit !

La semaine écoulée, la classe de sixième se retrouve en cours de technologie pour écouter l'exposé du Tondu. Je n'y comprends pas grand-chose, mais c'est sûrement une réussite, puisque le professeur ne fait pas de critique.

Maintenant, toute la classe retient son souffle, dans l'attente de la surprise de monsieur Whé. Il tortille sa moustache dans tous les sens. J'ai l'impression que c'est moi qu'il torture. Enfin, il nous jette un regard aussi froid qu'un congélateur grand ouvert et annonce d'un ton sans réplique :

– Vous aurez trois jours pour apprendre à vous servir d'un ordinateur. Pour cela, je vous emmène au Futuroscope. Départ la semaine prochaine. Compris ?

Dans la classe, c'est la consternation. Il va falloir supporter le professeur de technologie pendant trois jours entiers ! C'est le comble de l'horreur !

PORTRAIT
DE MONSIEUR WHÉ

2

Le cours de technologie terminé, nous nous précipitons tous les quatre au C.D.I. du collège pour y découvrir ce qu'est le Futuri… Futuro…

– Futuroscope, le parc européen de l'image ! s'exclame Double-Dose en agitant un livret sous notre nez.

À l'intérieur, c'est un défilé de constructions audacieuses : sphère géante, assemblage de tuyaux, immense cristal de roche, etc. Ils portent tous des noms bizarres : Gyrotour, Solido, Kinémax…

– Mais tous ces bâtiments, ils servent à quoi ? demande D'Artagnan.

– Coa ? reprend Cocoax en écho.

– C'est expliqué ici… répond Double-Dose. « Le Futuroscope est un parc de loisirs où l'on vient découvrir le cinéma du futur : films sur écran de 360 degrés, cinéma en relief, cinéma dynamique avec sièges montés sur vérins… »

– Qu'est-ce que ça veut dire ? je demande.

– Le siège bouge pendant le film, répond D'Artagnan.

– Mais je ne vois pas le rapport avec l'informatique, dis-je.

– Écoute la suite, reprend Double-Dose : « Au Futuroscope, on peut aussi découvrir les ordinateurs, et apprendre à surfer sur Internet. » 6

– Surfer sur Internet ! s'écrie Le Tondu en bondissant sur sa chaise.

– Inter quoi ? je demande.

– Internet ! répète-t-il. C'est un réseau de communication par ordinateur.

– C'est bien ? je demande.

– Toi qui aimes tant les babas à la chantilly… commence Double-Dose.

– Et aussi les carambars ! je m'écrie.

– Tu pourrais échanger des recettes avec des spécialistes en Australie, en Amérique ou ailleurs dans le monde !

Je regarde Double-Dose avec stupéfaction. Une chose pareille est-elle possible ?

– Ferme la bouche, me conseille Double-Dose. Bien sûr que c'est possible avec Internet !

– Tu peux communiquer avec le monde entier ! s'exclame Le Tondu. Même avec des collectionneurs de sonnettes de vélo ou des spécialistes en ailes de mouche…

Mon copain dresse une liste interminable quand Double-Dose l'interrompt.

– Vous ne trouvez pas tout ça bizarre ? demande-t-elle.

Tous les visages se tournent vers elle.

– Vous ne trouvez pas étonnant qu'un professeur aussi sévère que monsieur Whé organise un pareil voyage ?

En effet, cela ne lui ressemble pas. Avec ses yeux de poisson congelé, je le vois mal en train de sauter sur son siège au cinéma dynamique ! Double-Dose se penche en avant et nous confie :

– Je me demande quelle idée il a derrière la tête !

C'est donc avec un mélange de joie et d'inquiétude que, la semaine suivante, nous partons en car pour le Futuroscope. Comme à chaque voyage, j'ai pris mes précautions : mes poches sont bourrées de carambars. Pendant le trajet, Le Tondu nous annonce qu'il a une nouvelle idée de génie :

– Je vais me brancher sur Internet avec ça !

Il nous montre un casque de baladeur qu'il a bricolé en y ajoutant un fil électrique relié à une prise minuscule. Il espère ainsi brancher son cerveau directement au réseau Internet et emmagasiner suffisamment de connaissances pour être dispensé d'aller à l'école jusqu'à la fin de ses jours !

Je n'ai pas terminé ma provision de carambars quand nous arrivons à destination. C'est dire comme le voyage a été rapide ! Nous descendons du car, face à l'hôtel du Futuroscope. Dans une superbe façade de verre, une porte s'ouvre, livrant passage à l'hôtesse chargée de nous accueillir. Son blazer jaune et son parfum me font penser au printemps.

– Bienvenue au Futuroscope ! dit-elle. Je m'appelle Béa et je vous guiderai tout au long de votre séjour ici.

Monsieur Whé l'interrompt. Il déclare d'une voix glaciale :

– Nous sommes ici pour travailler. Compris ?

– Eh bien, ça promet, me souffle Double-Dose tandis que nous nous dirigeons vers les chambres pour déposer nos bagages.

Soudain, je m'aperçois que ma poche droite s'est vidée de ses carambars.

– Zut ! Il y a un trou !

Aussitôt, je fais demi-tour, les yeux rivés au sol, jusqu'au hall de l'hôtel maintenant désert. Au pied d'un pilier, j'aperçois trois carambars. Au moment où je m'agenouille pour les ramasser, j'entends une voix déclarer sur un ton lourd de menaces :

– Il faudra le surveiller. Quant aux autres, je m'en charge.

Je risque un œil de l'autre côté du pilier et je découvre monsieur Whé qui parle au téléphone en me tournant le dos ! Le cœur battant, je n'ose plus bouger. Tous les soupçons de Double-Dose me reviennent en mémoire. Un déclic et le professeur s'éloigne. Je m'empresse de rejoindre Double-Dose.

– C'est nous qui allons le surveiller ! s'exclame-t-elle quand je lui ai tout raconté.

Lorsque nous rejoignons le reste de la classe dans le hall, monsieur Whé est là, aussi inexpressif qu'un poisson arctique. Béa nous annonce le programme de la matinée :

– Nous visiterons d'abord la Gyrotour pour avoir une vue d'ensemble du parc. Ensuite, il y aura une séance de cinéma dynamique.

Qu'a découvert Crème-Baba dans le hall de l'hôtel ?

Sur le chemin qui mène à la Gyrotour, Double-Dose met les garçons au courant des derniers événements.

– Et tu ne sais pas le pire ? s'écrie Le Tondu. Le professeur m'a confisqué mon casque !

– Et qu'en a-t-il fait ? je demande.

– Sous clé dans sa chambre, soupire Le Tondu. Il a même failli découvrir Cocoax !

– Si jamais on touche à un seul de ses cheveux, s'écrie D'Artagnan soudain agressif, je… je…

– Mets-lui d'abord une perruque si tu veux qu'elle ait des cheveux, souffle Double-Dose.

Quelques instants plus tard, nous arrivons à la Gyrotour. Béa nous fait asseoir dans une pièce circulaire toute vitrée, bâtie autour d'un mât immense. Les portes se ferment et la pièce se met à tourner sur elle-même en s'élevant dans les airs comme un ascenseur. Béa commente :

– Dans quelques instants, nous serons à quarante-cinq mètres au-dessus du sol. À gauche, ce gros cristal de roche à facettes noires, c'est le Kinémax, avec son écran haut comme un immeuble de sept étages. Il domine un lac où ont lieu les spectacles nocturnes en lumière laser. Vous irez ce soir !

Soudain, la tour s'immobilise au lieu de continuer à tourner lentement sur elle-même. Sans doute sommes-nous déjà arrivés en haut ? Les pavillons du Futuroscope apparaissent comme un jeu de construction miniature. Brusquement, on entend un grincement métallique, comme si un engrenage était bloqué. Voilà que la machine est parcourue de soubresauts. 8 9

Et, d'un coup, comme si l'invisible fil qui nous tenait en l'air venait de se rompre, la tour se met à descendre à toute vitesse.

3

L'estomac noué, l'esprit vide, je ne suis plus qu'un poids qui s'enfonce dans un océan de terreur et de bruit. Dans un instant, c'est l'écrasement assuré. La dernière chose que j'aurai vue, c'est l'œil de Cocoax dilaté par la peur.

Une brusque secousse et l'engin s'arrête, bloqué à mi-hauteur. Plus un mouvement. Peut-être sommes-nous sauvés ? Je repousse le sac à dos qui m'est tombé dessus et je m'assois. Mais j'ai mal au cœur. Je n'aurais pas dû avaler tous ces carambars ce matin…

Béa n'a pas perdu son sang-froid. Elle saisit son téléphone portable et discute avec des techniciens restés au sol. En même temps, elle ouvre un panneau de sécurité et manipule des boutons. Quelques grésillements plus tard, la Gyrotour reprend son lent mouvement de descente et nous dépose en douceur à l'étage le plus sûr : la terre ferme.

Un petit attroupement s'est formé : hôtesses, techniciens, responsables en costume-cravate. Béa raconte ce qui s'est passé. Un homme en bleu de travail, un certain Émile d'après son badge, écoute ses explications avant d'entrer dans la Gyrotour, sa boîte à outils à la main. Des agents de la sécurité installent des rubans de plastique blanc et rouge pour interdire l'accès à la Gyrotour.

Pour nous réconforter, les hôtesses nous servent un jus de fruit. Cocoax vient goûter mon jus d'orange après avoir essayé le jus de pomme du Tondu. Et Double-Dose ? Où est-elle passée ? Enfin je l'aperçois qui sort du périmètre de sécurité et vient nous rejoindre.

– C'est bizarre… marmonne-t-elle.

– Quoi donc ? je demande.

– Ce n'est pas le premier incident de ce genre. Depuis un mois, il y a presque chaque jour un problème sur le parc, explique Double-Dose.

– Qui te l'a dit ? demande Le Tondu.

– J'ai entendu les techniciens discuter… Des pannes sur les circuits informatiques qui programment les attractions. Rien de grave jusqu'à présent, pas de blessé… Mais ils n'arrivent pas à trouver d'où cela vient…

Le séjour démarre mal. La situation est sans doute préoccupante car Béa nous annonce un changement de programme :

– La séance au cinéma dynamique est reportée. À la place, nous allons au pavillon du Futuroscope.

Entre temps, Cocoax a glissé dans le verre de jus de tomate de son maître. D'Artagnan s'est éloigné à la recherche d'un lavabo pour rincer sa grenouille apprivoisée.

Tandis que le groupe se met en marche, Double-Dose me murmure à l'oreille :

– Vas-y ! Moi, j'attends D'Artagnan, il ne saura jamais s'y retrouver tout seul.

Et elle disparaît derrière un buisson. Je ne suis pas tranquille. Pourvu qu'il ne lui arrive rien !

Le pavillon du Futuroscope est une énorme boule blanche qui s'enfonce dans une verrière transparente. À l'intérieur, les murs sont couverts d'écrans de télévision avec des écouteurs à la disposition de chacun.

– Chaque écran diffuse des reportages de quelques minutes sur le Futuroscope, nous explique Béa. La première pierre, les matériaux de construction, les effets spéciaux, l'entretien, etc.

Je coiffe un casque et le programme démarre. Un drôle de petit personnage apparaît. C'est

Futuro, la mascotte du parc. Avec son visage à facettes et ses grands yeux tendres, on dirait un personnage de dessin animé.

Sur mon écran, je vois des échafaudages monter, des pavillons sortir de terre… Par moments, l'image vibre ou se trouble et ça crépite dans les écouteurs. Que se passe-t-il donc ? Le film continue, les toits sont posés, les murs des bâtiments se couvrent de vitres, et je ne sais pourquoi, je ressens une terrible envie de posséder une peluche de Futuro. De nouveau les images sautent et crépitent. Je secoue la tête, je me frotte les yeux, mais je ne peux penser à rien d'autre qu'à cette peluche. Je la veux, je la veux absolument ! Une interview d'un architecte est hachée par des images tressautantes. Il me faut ce Futuro ! Il me le faut à tout prix ! Dans ma tête, c'est maintenant un véritable tourbillon. J'ai l'impression que ce n'est plus moi qui suis aux commandes.

Le film à peine terminé, l'envie d'acheter Futuro coûte que coûte me jette dehors. Toute la classe de sixième est en proie au même délire. Béa tente de nous retenir, mais sans succès. C'est une ruée vers la boutique la plus proche. On me pousse, on me bouscule, mais je pousse et je bouscule à mon tour avec une violence dont je ne me serais pas crue capable.

– C'est le mien ! C'est mon Futuro ! je crie en tapant sur la tête de ma voisine.

La vendeuse est ravie : son chignon approuve vigoureusement chaque bip sonore de son tiroir-caisse. Avec un sourire de commande, elle rafle tous nos billets. En un clin d'œil, les rayons sont vidés de tous les objets représentant Futuro : peluches, stylos, tee-shirts, casquettes, porte-clés…

Échevelés, essoufflés, débraillés, le porte-monnaie vide, nous sortons de la boutique. C'est alors que D'Artagnan et Double-Dose nous rejoignent. Ils n'en croient pas leurs yeux :

– Mais… Mais… Que s'est-il passé ?

Je voudrais leur expliquer, et soudain les mots me manquent. C'est comme si je sortais d'un rêve, ou plutôt d'un cauchemar. Maintenant que je réalise ce que j'ai fait, j'ai terriblement honte : comment ai-je pu me montrer sauvage au point de frapper mes camarades ? Pourquoi ai-je donné tout mon argent de poche pour ces mascottes ?

– Je… Je… Je ne sais pas ce qui m'a pris, dis-je enfin à Double-Dose.

Qui est chef de la sécurité ?

– C'est… C'est en regardant les reportages… C'était plus fort que moi… balbutie Le Tondu.

– Tu… Tu crois qu'on nous a jeté un sort ? je demande.

Double-Dose me fusille du regard. Avec son esprit scientifique, ce genre d'explication n'est pas de son goût.

– Hum ! Cela ressemble plutôt à une manipulation… Et Béa ? Et monsieur Whé ? Où étaient-ils pendant la diffusion des films ?

Béa était avec nous, mais n'avait pas coiffé de casque. Quant à monsieur Whé, je ne me souviens pas de l'avoir vu dans le pavillon du Futuroscope. Mais alors où était-il ?

– Et que faisait-il ? demande Double-Dose.

Entre temps, techniciens, hôtesses et gardiens sont arrivés sur les lieux. Béa résume les événements à Robert, le chef de la sécurité : maigre, le cheveu court, il écoute avec attention tandis que son chien-loup hume l'air en jetant autour de lui des regards soupçonneux. Une enquête commence. On ordonne à la vendeuse :

– Hélène ! Reprenez tous les objets en bon état. Remboursez les enfants.

La vendeuse au chignon obéit et nous rend notre argent.

Après concertation avec l'équipe de sécurité, Béa nous annonce :

– Nous devons supprimer toutes les séances de cinéma pour aujourd'hui…

– Compris ? intervient monsieur Whé pour couper court à nos protestations.

– Mais l'atelier d'informatique est maintenu cet après-midi, continue notre hôtesse. Auparavant, nous allons déjeuner au restaurant.

Enfin une bonne nouvelle ! Et j'espère que rien ne viendra cette fois déranger le repas, sinon je fais un malheur !

4

Mes copains et moi, nous nous installons chacun devant une assiette de spaghettis au fromage. Cocoax participe activement : elle aspire les spaghettis que je lui tends avec un drôle de bruit de succion.

14

– Arrête, Cocoax ! s'écrie bientôt D'Artagnan. Si tu ne rentres plus dans ma poche, je te laisse à l'hôtel !

La menace fait son effet. Cocoax se retire derrière la carafe d'eau pour bouder. De son côté, Double-Dose mâche silencieusement, l'air absent. Comment peut-on être aussi indifférent devant ce que l'on a dans son assiette ? Soudain, ma copine déclare :

– Je suis sûre que monsieur Whé a un rapport avec les incidents de ce matin…

– Mais il y en a eu d'autres avant notre arrivée, tu l'as dit toi-même ! fais-je remarquer.

Double-Dose secoue la tête.

– Avec les ordinateurs et Internet, plus besoin

d'être sur place pour agir ! N'importe quel pirate en informatique peut entrer dans les programmes du Futuroscope et tout détraquer.

– Encore faut-il trouver les mots de passe, dit Le Tondu. Les programmes sont protégés.

Double-Dose se penche vers nous et ajoute à voix basse :

– Ce matin, à la Gyrotour, j'ai vu monsieur Whé cacher une enveloppe derrière un des panneaux de la porte d'entrée. Étonnant, n'est-ce pas ?

– C'était peut-être une lettre d'amour ? Ou une recette de cuisine ? dis-je.

– Comment peux-tu être à la fois si romantique et si gourmande ? me demande Double-Dose.

Je ne trouve rien à répondre. Pourquoi faudrait-il se priver de manger quand on est amoureux ? Soudain, une goutte d'eau me tombe dans l'œil. Est-ce qu'il pleut dans le restaurant ? Non. C'est encore un coup de Cocoax. Du haut de l'épaule de son maître, elle vient de plonger dans la carafe, éclaboussant toute la table, et elle s'apprête à recommencer.

Mais ma copine ne s'arrête pas pour si peu !

– Après avoir caché l'enveloppe, reprend

Double-Dose, monsieur Whé a rejoint le groupe qui partait au pavillon du Futuroscope. Comme je suis restée en arrière pour attendre D'Artagnan, j'ai vu quelqu'un la prendre : Émile, le chef des techniciens…

– Et alors ? demande Le Tondu.

– Émile a ouvert l'enveloppe avant de la fourrer dans sa poche en vitesse, continue Double-Dose. Et j'ai eu le temps de voir ce qu'il y avait dedans…

Je cesse de mâcher pour mieux écouter.

– Dedans, il y avait une disquette… une disquette d'ordinateur, reprend Double-Dose. 15

Le Tondu échafaude tout de suite une hypo- 16 thèse :

– Peut-être les codes d'accès aux attractions du parc ?

– En tout cas quelque chose de louche, répond Double-Dose. Sinon, pourquoi Émile et monsieur Whé auraient-ils agi en cachette ?

Je ne sais plus que penser. Monsieur Whé est sévère, c'est vrai. Mais de là à pirater des systèmes informatiques… Et dans quel but ?

– Voilà ce que je crois, reprend ma copine. Monsieur Whé nous a emmenés au Futuroscope pour tester ses petites manipulations en grandeur nature. Il reste prudemment dehors pendant l'expérience. Rappelle-toi le pavillon du Futuroscope et la ruée dans la boutique !

– Tu oublies la Gyrotour ! Il était dedans avec nous, fait remarquer Le Tondu.

– Pour écarter les soupçons dès le début ! s'exclame Double-Dose.

Tout se tient… Le professeur… Un pirate informatique… Un bandit… Nous nous taisons, effrayés par cette découverte. Le Tondu déclare avec audace :

– Il faut en avoir le cœur net ! Cette nuit, je fouillerai la chambre de monsieur Whé ! Et j'en profiterai pour récupérer mes écouteurs.

– Tu es complètement malade ! dis-je, effarée.

– Malade ? Tiens, ça me donne une idée, répond mon copain.

Encore une idée de génie, probablement. Je m'attends au pire !

– Et j'aurai besoin de votre aide à tous, enchaîne Le Tondu.

Avec Double-Dose, il met au point un plan d'attaque pour cette nuit. Quand ils ont fini de me l'expliquer, je n'ai même plus le courage de prendre un dessert !

L'après-midi, pour effacer de mon esprit le passe-temps nocturne prévu par mes deux copains, je tâche de me concentrer sur l'atelier d'informatique, à CyberAvenue. C'est Guillaume, un jeune homme à la mèche blonde, qui nous accueille à l'entrée d'une rue couverte.

– Bienvenue dans le Cybermonde !

– C'est quoi les six Bermondes ? demande D'Artagnan, qui pour une fois essaie de suivre.

– Ce sont les ordinateurs qui communiquent entre eux à travers la planète : cela forme une sorte de monde parallèle, explique Guillaume.

Visiblement, D'Artagnan n'a pas compris. Double-Dose lui montre le sol : sur la chaussée, l'inscription CyberAvenue se détache en grosses lettres blanches. Tout le long de la rue, des jeux vidéos et des enseignes lumineuses étalent leurs grosses lettres bleues : Cybernet, Cybermédia, Cybervidéo…

– C'est Cybergénial ! déclare Le Tondu, ravi.

Au bout de la rue est stationné un bus dont les phares sont allumés. Nous montons à bord et nous nous installons chacun devant un écran d'ordinateur qui brille comme un gros œil sans paupière.

– Pas de chat parmi vous ? nous demande Guillaume avec un clin d'œil. Alors en avant pour la danse des souris !

Je saisis la souris de l'ordinateur et j'apprends à cliquer sur des icones, ces petites images affichées sur l'écran. C'est plus amusant qu'un cours avec monsieur Whé !

La journée se termine avec un spectacle de lumière laser au pied du Kinémax. Sur un rythme de musique endiablé, des jets d'eau éclairés percent les ténèbres, et prennent des formes variées : dragons, personnages, paquebots… Je n'ai jamais rien vu d'aussi extraordinaire.

À la fin du spectacle, les projecteurs se rallument. J'aperçois avec horreur une place vide à côté de moi : Double-Dose a disparu ! Que faire ? Si ma copine a trouvé une piste, il ne faut pas éveiller la méfiance de monsieur Whé. Alors, qui prévenir ? Béa ? Mais voilà que, se frayant un chemin à contre-courant des spectateurs, Double-Dose me rejoint.

– Mais enfin d'où sors-tu ?

Double-Dose raconte son expédition. À peine le spectacle était-il commencé que

17

monsieur Whé s'était éclipsé, une petite lampe de poche à la main. Double-Dose l'avait suivi un moment, alors qu'il se dirigeait vers CyberAvenue. Puis elle l'avait perdu de vue. Elle l'avait cherché sans succès, jusqu'au moment où Robert, le chef de la sécurité, l'avait repérée grâce au flair de son gros chien-loup.

– Je lui ai raconté que j'avais perdu ma peluche Futuro et que j'étais partie la chercher. Il m'a fait la morale, et il a menacé de me dénoncer au professeur. Finalement, il m'a ramenée ici à la fin du spectacle.

– On peut dire que tu as de la chance !

Tandis que nous rentrons à l'hôtel, je me sens de plus en plus nerveuse. C'est maintenant qu'on va appliquer le plan destiné à confondre monsieur Whé. Et c'est moi qui dois servir d'appât !

5

Double-Dose, assise en pyjama au bord du lit où je suis couchée, me répète :

– Ne t'en fais pas ! Tout ira bien !

Je pousse un gros soupir et je regarde ma montre pour la cinquième fois. Plus que quelques minutes et ce sera l'heure convenue avec les garçons pour déclencher les opérations. Double-Dose passe sa robe de chambre et regarde l'heure à son tour.

– C'est le moment ! Tu es prête ?

Elle se penche vers moi, ébouriffe mes cheveux et me pince énergiquement les joues pour les faire rougir.

– Aïe !

– Désolée, mais ça fera plus vrai, dit ma copine.

Et elle quitte la chambre. Me voici toute seule. Et si le plan ne marchait pas ? Si le professeur devinait la supercherie ? Un bandit, ça ne doit pas être si facile à tromper !

Quelques minutes plus tard, j'entends des pas dans le couloir. Vite ! Je me pince encore les joues. Le professeur arrive, visiblement furieux d'avoir été tiré de son premier sommeil. Avec son pyjama rayé, il a tout l'air d'un zèbre à moustaches ! Malgré ma peur d'être démasquée, j'ai presque envie de rire.

– Elle est malade ! déclare Double-Dose très sérieusement. Elle a de la fièvre.

Je pousse un gémissement en me balançant d'avant en arrière pour convaincre monsieur Whé. Le but de l'opération, c'est de le retenir assez longtemps pour que les garçons aient le temps de fouiller sa chambre. Mais il faut aussi éviter qu'il ne fasse appel à un médecin.

Monsieur Whé vient poser sa main sur mon front. Je gémis à nouveau.

– Où as-tu mal ? demande-t-il.

Sans un mot, je désigne vaguement le ventre.

– Il faut appeler un médecin, déclare-t-il.

Horreur ! On va découvrir la supercherie ! Au secours, Double-Dose ! C'est ce que mes yeux crient, mais aucun son ne sort de ma bouche.

– Si on essayait de l'aspirine ? suggère ma copine.

Dans l'histoire, qui est venu soigner Crème-Baba ?

Un silence. Monsieur Whé triture sa moustache en se balançant d'un pied sur l'autre. Ces rayures qui tanguent, ça me donne réellement mal au ventre.

– Entendu ! dit le professeur. Cela ne peut pas lui faire de mal.

Catastrophe ! Le voilà qui s'apprête à partir ! Sans doute estime-t-il le problème réglé. Mais jamais les garçons n'auront fini de fouiller dans sa chambre ! Et s'ils se font prendre, je n'ose imaginer ce qui se passera… Double-Dose se précipite la première vers la porte :

– Attendez ! Restez avec elle pendant que je vais chercher un verre !

Elle s'éloigne en courant, sans laisser à monsieur Whé le temps de répondre. Voilà le zèbre obligé de rester là. Il se tient sur le pas de la porte, prêt à bondir dehors, mais quand Double-Dose revient, elle lui met d'autorité le verre dans la main. Puis elle verse le médicament et remue avec application. Enfin, elle m'apporte le verre.

Dès que monsieur Whé aura tourné les talons, il n'y aura qu'à jeter le contenu dans le lavabo. Mais le zèbre ne semble plus si pressé de partir… Le verre approche, et les rayures restent désespérément immobiles. Il va falloir que je boive vraiment ? Je jette un regard suppliant à Double-Dose : qu'elle trouve une idée, vite ! Je ne veux pas de cette cochonnerie ! Mais ma copine me fait un clin d'œil et m'encourage :

– Allez, goûte, ce n'est pas si mauvais !

Bon. Je lui fais confiance. Je me sacrifie. Mais les garçons vont m'entendre, demain ! Je trempe le bout des lèvres dans le liquide, et je fais la grimace, puis je bois tout jusqu'à la dernière goutte. Finalement, c'est plutôt bon… On dirait du jus d'orange avec un arrière-goût de chewing gum.

Enfin le professeur s'éloigne à grands pas. Je vais poser une question mais ma copine me met la main sur la bouche.

– Chut, Crème-Baba ! Écoute !

Nous restons quelques instants l'oreille tendue. Une porte se ferme au loin. Rien d'autre ne trouble le silence de la nuit.

– Ouf ! Les garçons n'ont pas été pris ! s'exclame Double-Dose.

– C'était quoi, ton médicament ? je chuchote. Il était drôlement bon !

— De la vitamine C. Normalement, on ne doit pas en prendre le soir parce que ça empêche de dormir…

À ces mots, ma copine se glisse dans son lit, éteint la lumière et me souhaite une bonne nuit. Quelques instants plus tard elle sombre tranquillement dans le sommeil, tandis que je passe la moitié de la nuit à compter désespérément les moutons…

Le lendemain matin, j'ai un mal fou à me sortir du lit. Double-Dose me traîne sous la douche et ouvre le robinet à fond.

— Aaaah ! C'est glacé !

— Comme ça, tu seras en forme pour le petit déjeuner ! répond ma copine.

Tandis que nous descendons dans la salle de restaurant, je me demande si les garçons ont réussi ou bien si la peur les a fait renoncer. En attendant de leurs nouvelles, je prends une grosse tartine de pain et je la couvre d'une bonne couche de beurre.

— Alors, cette aspirine ? Elle a fait de l'effet apparemment, dit monsieur Whé en surgissant brusquement devant moi.

Il me fixe de ses yeux de poisson congelé. Il a sûrement deviné que je n'étais pas malade. Le couteau me tombe des mains et je me sens rougir jusqu'à la racine des cheveux.

Tandis que le professeur s'éloigne, les garçons font leur entrée. Le Tondu me regarde avec un soupir : il n'a rien trouvé. D'Artagnan, lui, a l'air en forme :

– On recommence la chasse au trésor, la nuit prochaine ?

Je manque de m'étouffer avec ma tartine et je secoue la tête énergiquement. Ce sera sans moi, je le dis tout net.

Béa nous rejoint après le petit déjeuner, avec un programme alléchant : une autre séance d'initiation à l'informatique, trois pavillons à visiter.

À CyberAvenue, Guillaume nous accueille avec sa mèche blonde et son sourire. Cette fois, nous allons apprendre à surfer sur Internet.

– Et d'abord, qu'est-ce qu'Internet ? nous demande-t-il.

J'ai une réponse toute prête : c'est là qu'on rencontre les amateurs de mouches à sonnettes et les collectionneurs d'ailes de vélo. Mais Le Tondu est plus rapide que moi :

– Ce sont les ordinateurs reliés entre eux !

– Parfait ! dit l'animateur. Les millions d'ordinateurs reliés entre eux forment un réseau qu'on appelle le Net, ou le Web. Pour vous guider, il y a un ami dans votre ordinateur. Pour le découvrir, cliquez !

J'enfonce la touche de ma souris et soudain, sur mon écran, apparaît… Futuro !

– Bonjour ! me dit-il. Tu es en ligne, c'est-à dire que tu es connectée à Internet. Choisis quelque chose qui t'intéresse dans la liste qui s'affiche.

Je clique sur Gastronomie puis sur Carambar. Cela marche. On a bien raison de dire qu'Internet est un formidable outil de découverte !

Un énorme carambar en habit jaune rayé de rose tourbillonne au milieu de l'écran comme s'il tombait du ciel. Un autre le rejoint, puis un autre, et l'écran est bientôt envahi de centaines de carambars. C'est magnifique ! Si une pareille fortune était à moi, j'en aurais pour une éternité ! En tout cas pour au moins une semaine !

Je ne sais pas quel site consulte D'Artagnan pendant ce temps, mais Cocoax doit trouver le mien plus intéressant. Elle est venue s'installer à côté de moi, près du clavier, ses gros yeux rivés sur les carambars.

Soudain, Le Tondu me pousse du coude. Un message clignote sur son écran : mot de passe.

– Je pense que je me suis connecté à un site secret, me dit-il sur un ton mystérieux. Il me faut le bon mot de passe ou je ne pourrai pas y entrer. Tu n'as pas une idée ?

Alertée à son tour, Double-Dose se penche vers Le Tondu. C'est à ce moment précis que Cocoax aperçoit derrière nous quelqu'un qui lui arrache un couac de terreur. En deux bonds, elle disparaît dans la poche de son maître. Au passage, elle a piétiné le clavier du Tondu, effaçant le message de son écran.

– Elle a une araignée au plafond, cette bête ! s'exclame Le Tondu, furieux.

Je me retourne : monsieur Whé est debout derrière nous, les yeux exorbités. Il a vu Cocoax ! C'est… C'est horrible ! Cocoax… Cocoax est perdue !

6

D'Artagnan prend conscience du danger. Il plonge un regard farouche dans les yeux de monsieur Whé. La bataille va être sanglante. Je n'ose plus respirer. À ce moment-là, Guillaume s'approche, appelé par un élève. Il se passe alors quelque chose d'inattendu et de totalement incompréhensible : monsieur Whé fait demi-tour ! Pas un mot ! Pas une punition ! Pourtant, je suis certaine qu'il a vu Cocoax.

– Tu crois qu'il a eu peur de Guillaume ? je demande à Double-Dose.

– Il est peut-être allergique aux grenouilles, suggère-t-elle.

– Dans ce cas, il est bon pour l'asile ! s'exclame D'Artagnan.

Voilà un moyen de s'en débarrasser jusqu'à la fin de l'année, me dis-je. Et cela éviterait au Tondu des initiatives dangereuses pour cette nuit…

La séance à CyberAvenue se termine. Nous

Qui a fait très peur à Cocoax ?

avons beau surveiller monsieur Whé tout le reste de la journée, rien ne nous permet de comprendre son attitude. Pas le moindre petit indice. Quand le soir arrive, je n'en peux plus. De retour à l'hôtel, je me glisse dans mon lit sans attendre. Même si on me promettait un camion de carambars, je ne pourrais pas tenir les yeux ouverts cinq minutes de plus !

– … ba ! Crème-Baba !

On me secoue. Une lampe de poche me balaie le visage. Je me détourne en grognant.

– Réveille-toi, Crème-Baba ! insiste la voix.

– Ce n'est pas possible de dormir comme ça ! Elle a une marmotte dans ses ancêtres ! s'écrie une autre voix.

– Qu'est-ce que tu as contre les marmottes ? demande une troisième voix.

Soudain, un gant de plastique froid me tombe dans le cou et me crie aux oreilles :

– Coa ! Coa !

Je m'assois brusquement dans mon lit. Drôle de comité d'accueil : j'aperçois Double-Dose, Le Tondu, D'Artagnan et Cocoax penchés sur moi. Que font les garçons tout habillés en pleine nuit dans une chambre de filles ? Si jamais le professeur s'en aperçoit…

– Il ne s'en apercevra pas, disent en chœur mes trois copains, comme s'ils avaient deviné mes pensées.

Et Le Tondu me raconte son expédition nocturne. Il s'est glissé à pas de loup dans le couloir pour surveiller monsieur Whé. La porte de sa chambre était entrouverte. Le Tondu n'a pas pu résister, il est entré…

– Il faisait complètement noir, raconte mon copain. Pas un bruit. À croire que le professeur ne respirait pas…

– Et alors ? je demande.

– J'ai avancé en tâtonnant le long du mur… Et j'ai trébuché sur une paire de chaussons qui traînaient.

Je pousse un cri étouffé en imaginant Le Tondu étalé au milieu de la chambre et le zèbre réveillé en sursaut ! Et comment mon copain a-t-il réussi à lui échapper ?

– Pourtant un zèbre, ça court vite ! fait remarquer D'Artagnan.

– Mais je ne me suis pas enfui ! reprend Le Tondu. J'ai allumé ma lampe de poche et devine ce que j'ai vu ? Il n'y avait personne dans la chambre ! Pas de monsieur Whé ! Parti ! Volatilisé ! Le lit n'était même pas défait…

Silence. Le bandit a donc abandonné tous les élèves. Il a manigancé ses expériences au Futuroscope et pffuit ! Il a déguerpi… Quel monstre !

— Il a peut-être été enlevé ? propose D'Artagnan.

— Enlevé par un collectionneur de moustaches, pouffe Double-Dose.

— Si c'était un enlèvement, il y aurait des traces de lutte, fait remarquer Le Tondu. Or toutes ses affaires étaient en ordre, à part les chaussons.

Double-Dose reprend son sérieux :

— Il est peut-être sorti pour préparer un mauvais coup… S'il a laissé ses affaires, c'est qu'il a l'intention de revenir. Il est peut-être déjà de retour !

Le Tondu a l'intention d'aller vérifier. Si monsieur Whé n'est pas dans sa chambre, qu'est-ce qui nous empêche de jeter un coup d'œil ? Je propose plutôt de prévenir Béa, mais sans succès.

Dans la chambre de monsieur Whé, personne. Nous n'osons pas allumer l'électricité de peur de nous faire remarquer. L'obscurité n'est trouée que par nos lampes de poche.

– Voilà mes écouteurs ! s'écrie Le Tondu, ravi.

– Regardez ce que j'ai trouvé ! s'écrie à son tour Double-Dose en tirant une mallette du fond d'un placard.

Nous faisons cercle autour de l'objet. Double-Dose fait jouer la serrure et le couvercle se lève. Un écran apparaît.

– Un ordinateur portable ! s'exclame Le Tondu.

– Voilà comment il pirate les programmes informatiques du Futuroscope ! murmure Double-Dose.

Le Tondu met l'ordinateur en marche et commence à pianoter sur les touches du clavier. Il ouvre un fichier. Toutes nos notes apparaissent.

– Si on s'ajoutait quelques points au dernier devoir ? propose mon copain.

Double-Dose proteste énergiquement :

– On est là pour chercher la vérité, pas pour tricher ! s'exclame-t-elle.

– D'accord, je plaisantais ! répond Le Tondu.

Il continue à passer en revue des fichiers qui ne révèlent que des notes, des cours ou des articles… Avons-nous fait fausse route ? C'est alors que Double-Dose découvre une disquette dissimulée dans un rabat du couvercle. Aussitôt, Le Tondu la glisse dans l'ordinateur. L'écran affiche un ordre : entrer mot de passe.

– Un fichier secret ! Voilà qui devient intéressant, murmure Double-Dose. Mais comment entrer là-dedans ?

Le Tondu essaie plusieurs mots au hasard, sans succès.

– Nous n'y arriverons pas de cette façon, soupire-t-il.

Double-Dose propose de faire le point de la situation. Cela nous donnera peut-être une idée.

– Monsieur Whé n'est pas le genre de professeur à organiser un voyage. Jusqu'au jour où il apprend qu'un de ses élèves est passionné d'ordinateurs. Bon alibi pour se rendre au Futuroscope. Le premier jour, il transmet une disquette à un complice. Des incidents dus à des problèmes informatiques se multiplient justement dans les sites visités par notre classe. Dernier indice : monsieur Whé a une attitude totalement incompréhensible au cours d'une séance d'initiation à Internet.

– À cause de Cocoax…dis-je.

– Je ne crois pas, interrompt Double-Dose.

Son regard ne semblait pas chercher dans la direction où Cocoax avait disparu. Il était rivé à l'écran où le Tondu essayait d'ouvrir un fichier protégé, comme maintenant.

– Et alors ? je demande.

– C'est quand Le Tondu a parlé que le professeur a fait une drôle de tête, continue Double-Dose. Comme s'il se sentait menacé…

– Peut-être que j'ai dit quelque chose qui se rapprochait de son mot de passe. Mais quoi ?

– Tâche de te rappeler ! s'exclame Double-Dose.

Silence. Tout le monde se plonge dans ses souvenirs. Enfin, quand je dis tout le monde… Soudain, D'Artagnan demande :

– Qu'est-ce qu'on attend ?

– On réfléchit pour trouver le mot de passe, répond Double-Dose. Réfléchis, toi aussi !

– Le mode passe ? Euh… Passe-montagne ?

– Ne réfléchis plus, conseille Le Tondu, tu n'es pas conçu pour ça…

D'Artagnan pousse un soupir de bonheur. Débarrassé de la corvée, il se concentre sur le programme sportif qu'il fait suivre à Cocoax.

– Et régime à partir de demain ! s'exclame

D'Artagnan : plus de spaghettis, plus de jus de fruit. Uniquement moustiques et araignées…

– Hourra ! s'écrie Le Tondu en se dressant comme un ressort. Une araignée au plafond ! C'est ça que j'ai dit ! Merci D'Artagnan !

– Il n'y a pas de quoi ! répond notre grand copain.

– Coa ! répète Cocoax en écho.

– Si le mot de passe est araignée, dit Le Tondu, cela expliquerait l'attitude incompréhensible de monsieur Whé. Il a eu peur d'être démasqué !

Et il tape le mot sur le clavier. Mais le fichier refuse de s'ouvrir. Le Tondu est dépité.

– Mais enfin, pourquoi le mot de passe serait-il *araignée* et pas *libellule* ou *papillon* ? je demande.

– Parce que le réseau Internet s'appelle en anglais la toile, c'est-à-dire la toile d'araignée.

– Alors tape-le en anglais ! dis-je.

Le Tondu tape les trois lettres : WEB.

Je fixe l'écran et je reste pétrifiée, incapable de parler. Une vérité vient de m'apparaître, mais si étonnante que je n'en crois pas mes yeux. Pendant ce temps, mes copains commentent le fichier qui vient de s'ouvrir. Des codes et des abréviations défilent sur l'écran : Kiné., Omni., Sol., Gyr., c'est-à-dire les pavillons du Futuroscope. Un peu plus loin, une note signée B. : Éloigner le grand dadais à la grenouille et sa bande.

– Mais… Mais c'est nous ! s'exclame Le Tondu.

– Je voudrais bien savoir qui est ce B ! s'exclame Double-Dose.

Moi je le sais. Je murmure :

– W comme Whé, E comme Émile le technicien, et B comme…

À ce moment précis, on gratte à la porte. En un éclair, nous éteignons l'ordinateur et nous nous glissons sous le lit.

7

La porte s'ouvre. Le faisceau d'une lampe de poche balaie la pièce, s'arrête sur le lit. On entend une exclamation étouffée. Le nez dans la poussière, je n'ose plus respirer. L'inconnu entre dans la chambre, s'approche et tâte les couvertures, comme pour vérifier qu'il n'y a personne. Et maintenant, pourquoi ne s'en va-t-il pas ? Pourquoi dirige-t-il le faisceau de sa lampe sur la descente de lit ? Pourquoi sa main tâtonne-t-elle sur le sol ? Nous allons être découverts ! Une crampe me tord le ventre.

Mais l'inconnu attrape puis rejette un chausson de monsieur Whé et repart aussi silencieusement qu'il est venu. Nous nous arrachons de dessous le lit. Il flotte dans l'air un parfum de printemps…

– B comme Béa ! dis-je. Voilà les trois complices ! Ils ont choisi leurs initiales comme mot de passe !

Qui est entré dans la chambre ?

Double-Dose n'hésite pas.

– Vite ! Suivons-la !

Dehors, le silence est oppressant. J'entends sous nos pas tantôt le froissement de l'herbe, tantôt le crissement des graviers. Les crêtes des bâtiments, éclairées par des projecteurs, surgissent de la nuit comme des géants menaçants. Partout ailleurs, ce sont des ténèbres profondes, inquiétantes.

Un petit rond lumineux saute d'un buisson à l'autre, pas très loin devant nous : c'est la lampe de poche de Béa. Elle s'avance vers CyberAvenue, mais au lieu d'emprunter l'allée principale, elle contourne le bâtiment et se dirige vers l'arrière.

– Que fait-elle ? chuchote Le Tondu.

– Il doit y avoir une entrée de service, répond Double-Dose.

Soudain, le petit rond lumineux disparaît en même temps qu'un cri déchire la nuit. Nous restons figés d'horreur, tandis qu'un bruit de lutte nous parvient : cris étouffés, grognements de bête, piétinements et coups. C'est horrible, cette boucherie dans le noir, à deux pas de nous.

– Cesse de te cramponner à mon bras ! Je vais avoir un bleu ! me chuchote Double-Dose.

59

Brusquement, la bagarre cesse. Quelqu'un vient de s'écrouler sur le sol comme une masse. On n'entend plus que la respiration essoufflée du vainqueur. Mais qui a gagné? Le bon ou le méchant? À peine ai-je posé la question que je sens sur ma main le contact d'une bête inconnue. Je ne peux retenir un gémissement de dégoût. Aussitôt, une lampe de poche se braque sur nous :

– Des gosses! Qu'est-ce que vous fabriquez dehors à une heure pareille? gronde une voix d'homme.

La bête me lèche la main, c'est un chien. Quant à la voix, c'est celle de Robert, le chef de la sécurité auquel Double-Dose a déjà eu affaire. Je me sens tout de suite mieux : nous allons pouvoir remettre cette affaire entre les mains d'un adulte et nous pourrons regagner tranquillement notre chambre.

Robert se fait particulièrement aimable quand Double-Dose lui a tout expliqué. Il nous conduit derrière les buissons où la bagarre a eu lieu. Là, une forme humaine est allongée dans l'herbe :

– Votre professeur avait rendez-vous ici avec Béa. Lui, je l'ai assommé. Elle, elle m'a échappé, mais soyez tranquilles, nous la rattraperons ! En attendant, il vaut mieux vous mettre à l'abri : allez rejoindre Guillaume qui se trouve dans le local technique de CyberAvenue.

Il saisit son téléphone portable et prévient l'animateur. Aussitôt, la porte du local s'ouvre. Guillaume nous accueille avec un sourire. Il nous fait rentrer, ferme soigneusement la porte derrière nous et se retourne brusquement. Il tient un revolver à la main.

– Et maintenant, fini de jouer les héros ! Avancez, sales mioches ! s'écrie-t-il d'une voix mauvaise.

Je reste clouée sur place. Je n'y comprends plus rien. Guillaume et Robert… Ce sont eux les coupables… ? Mais alors, Béa ? Et monsieur Whé ? On nous pousse dans le coin le plus sombre de la pièce. Partout des fils, des tuyaux, des emballages, du matériel informatique en attente de réparation. Au milieu de ce désordre, quelqu'un est assis par terre, pieds et poings liés. Il lève la tête à notre arrivée et proteste :

– Non ! Pas les enfants !

Je reconnais Émile, le technicien. Guillaume ne lui répond même pas. Peu après, Hélène, la vendeuse de la boutique, entre en tenant Béa sous la menace d'une arme. Échevelée, à bout de souffle, notre hôtesse se laisse tomber sur le sol. Enfin, monsieur Whé, encore inconscient, est traîné jusqu'à nous. Les trois bandits, Guillaume, Hélène et Robert, nous attachent solidement chevilles et poignets.

– Belle brochette d'imbéciles ! siffle l'animateur, qui semble être le chef.

– Relâchez les enfants ! Vous n'avez pas le droit ! s'écrie Béa.

Guillaume éclate de rire. Un éclair de méchanceté brille dans ses yeux.

– Pas de panique, ma petite dame ! Ils seront bientôt libres, libres d'aller et venir à leur guise…

Il prononce ces derniers mots sur un ton qui fait froid dans le dos. La liberté qu'il nous promet est aussi attirante qu'un séjour en prison avec régime amaigrissant. Puis il se tourne vers ses complices et leur dit :

– Au travail ! Plus qu'une journée ici et on file !

Tous trois quittent la pièce, emportant avec eux les lampes de poche. Le local est maintenant plongé dans la pénombre. Peu à peu mes yeux s'habituent. À la lueur du panneau « Sortie de secours », je distingue le visage de mes compagnons, sauf celui de monsieur Whé, tourné vers le mur. Béa l'appelle doucement mais il ne répond pas.

– Il respire, murmure Double-Dose, qui est assise à côté de lui.

Elle se penche et l'appelle à son tour. Monsieur Whé entrouvre les yeux et pousse un grognement. Tandis qu'il reprend lentement conscience, Béa lui résume la situation.

– Mes… mes pauvres enfants ! murmure-t-il enfin.

Étranges paroles dans la bouche de monsieur Whé ! Il a l'air plus sérieusement atteint que nous ne le pensions !

– Jamais… jamais je ne me pardonnerai… de vous avoir mêlés à cette affaire ! soupire-t-il.

Et je sens dans sa voix de la tristesse et beaucoup d'affection. Ce n'est plus le professeur distant qui nous parle mais un être généreux. Comment avons-nous pu croire qu'il était coupable ? Mais aussi, comment se fait-il que les indices nous aient conduits jusqu'à lui ?

– L'informatique est ma passion, explique-t-il.

Le directeur du Futuroscope, qui est un ami, a fait appel à moi quand des pannes inexpliquées ont perturbé le parc. Après quelques semaines d'enquête discrète, nous avons décidé qu'il serait plus efficace que je sois sur place. D'où la visite de classe : c'était une couverture idéale. Mais jamais je n'aurais accepté si j'avais pu deviner quel risque je vous faisais courir !

L'émotion fait trembler la voix de notre professeur. Il se tait un instant.

– Je pensais qu'en étant sévère, je saurais vous tenir à l'écart de cette affaire, reprend-il, d'autant plus qu'Émile et Béa étaient là pour m'aider. Ce sont des détectives.

– J'ai compris qu'il fallait vous éloigner, mais trop tard, ajoute Béa.

– Le jour de l'atelier Internet, j'ai bien cru que Guillaume allait découvrir qu'on était sur sa trace : vous étiez en train d'essayer d'ouvrir un fichier secret ! Or il ne fallait pas éveiller sa méfiance avant d'avoir réuni des preuves indiscutables contre lui. Sinon la police ne pouvait pas l'arrêter…

Voilà pourquoi monsieur Whé n'était pas intervenu en apercevant Cocoax !

– Mais que veulent Guillaume et ses complices ? demande Double-Dose.

– Pour eux, le Futuroscope est un extraordinaire terrain d'essai, explique Émile. Ils testent sur l'homme l'effet produit par des images manipulées : par exemple, ils ajoutent dans les films des images qu'on ne remarque pas, mais qui influencent quand même notre cerveau et donc notre comportement.

– Comme le jour où nous avons acheté tous les Futuro ? je demande.

– C'est exactement cela, répond Béa. Et ils essaient de provoquer de la peur, des nausées, un état dépressif, de la haine… Et s'ils réussissaient à appliquer ce traitement non pas à un petit groupe de personnes, mais partout…

– Partout ? Ce n'est pas possible ! s'écrie Le Tondu.

– C'est au contraire très facile grâce à la télévision et à l'ordinateur : on introduit les images dans les films, dans les programmes des banques, de l'armée, des gouvernements, ou bien on les lance sur Internet. Qui sait jusqu'à quel point les gens se laisseraient influencer ?

Le silence retombe sur notre groupe. Des

Dans l'histoire, quel personnage n'est pas prisonnier ?

gens qui espèrent dominer toute la planète ne vont pas se laisser arrêter par quelques misérables enfants, ni par quelques détectives.

– Que vont-ils faire de nous ? je demande à Béa.

Elle ne répond pas tout de suite. Et quand elle parle, c'est d'une voix trop douce, comme quand on annonce une très mauvaise nouvelle :

– Ils vont détruire toutes les preuves de leur passage au Futuroscope… Ensuite, je pense qu'ils vous abandonneront ici car des enfants ne représentent pas un réel danger pour eux. Vous n'aurez qu'à crier et on viendra vous délivrer.

Cela signifie qu'Émile, Béa et monsieur Whé, eux, n'ont aucune chance de s'en sortir. Un frisson me secoue tout entière. J'essaie de me retenir, mais les larmes se mettent à couler sur mes joues.

Soudain, la porte s'ouvre et voilà nos tortionnaires de retour. Malgré les protestations des trois adultes, Guillaume et ses complices nous emmènent, après avoir défait les liens de nos chevilles. Ils nous poussent dans une pièce si petite qu'on dirait plutôt un placard.

De nouveau attachés, un casque sur la tête,

23

nous ne pouvons faire autrement que d'entendre et de voir le programme diffusé par l'ordinateur que Guillaume met en marche.

– Prêts pour le départ ? Alors bon voyage sur Internet ! ricane-t-il avant de fermer la porte.

L'écran est au ras de mes yeux, aveuglant. Les images défilent à toute vitesse, alternant lumière violente et trous noirs. Au bout de quelques minutes, j'ai le cerveau prêt à éclater : mes yeux me font horriblement mal et dans le casque, le son me vrille les oreilles. Soudain, j'ai l'impression qu'un soleil surgit de l'écran, tourbillonne un instant dans l'espace et vient me brûler la rétine tandis qu'un roulement de tambour me fait exploser la tête. Et tout disparaît.

8

Combien de temps suis-je restée inanimée sur le sol ? Quelques minutes ? Quelques heures ? Je me creuse la cervelle pour retrouver mes souvenirs, mais il n'y a qu'un grand trou noir… Je m'assois et soudain, j'aperçois mes mains : la peau a une apparence étrange, plus proche du plastique que de la chair. Que m'est-il donc arrivé ?

Dans mes poches traînent encore quelques carambars de secours. Tandis que je déplie le papier jaune et rouge, la mémoire me revient : la bagarre à CyberAvenue et l'horrible ordinateur de Guillaume. Et maintenant, le réveil. Je suis encore en vie, mais où suis-je ? Et où sont mes copains ?

Je jette un coup d'œil circulaire sur ce qui m'entoure. Quel étrange paysage ! À perte de vue, sur un sol absolument plat, courent des bandes métalliques parallèles qui bifurquent brusquement à droite ou à gauche en direction de constructions géométriques. Je me lève. Le mieux est d'aller voir la construction la plus

24

69

proche, à une vingtaine de mètres devant moi. Je fais un pas. Sans le faire exprès, j'ai posé le pied sur une des bandes métalliques.

Un flash se produit et je me retrouve à deux centimètres de la construction aux parois de métal ! Est-ce que je rêve ? Je me pince, sans me réveiller. À une vingtaine de mètres derrière moi, à l'endroit où je me trouvais il y a un instant, je distingue un papier de carambar. Mais alors… Cela signifie que j'ai avancé à la vitesse de la lumière ! Dans quel monde étrange ai-je atterri ?

Le bâtiment est désert. Il n'y a qu'un enchevêtrement de fils et de câbles qui proviennent sans doute des autres constructions du même genre. Volontairement cette fois, j'emprunte le transport instantané par bandes métalliques, pour me déplacer d'une construction à l'autre, au hasard. Personne. Je commence à me sentir mal à l'aise. Suis-je condamnée à errer seule dans ce désert de métal ? Les paroles de Guillaume me reviennent en mémoire : libres d'aller et venir à leur guise… Est-ce de cette horrible liberté qu'il voulait parler ?

Brusquement, dans la construction où je viens d'arriver Le Tondu se matérialise. Il a le même aspect plastifié que moi, mais ça fait quand même du bien de le revoir ! Il me regarde, les yeux brillants d'excitation et s'écrie :

– Le transport instantané, c'est génial !

– Et Double-Dose ? Et D'Artagnan ? Tu les as vus ? je demande.

– Euh… Non… Mais on va les retrouver !

– Et comment ?

Le Tondu sort de sa poche les écouteurs qu'il a bricolés et continue :

– J'ai connecté mes écouteurs sur les bandes métalliques pour capter des informations. Démonstration !

Il s'agenouille, tend vers le sol le fil de ses écouteurs où se balance un embout de métal. Il fait contact avec la bande et se redresse.

– Par là ! Il y a un grésillement ! s'écrie-t-il en tendant le bras en avant.

Le bruit qu'il perçoit correspond à la présence de quelque chose ou de quelqu'un dans les bâti-ments alentour. Nous posons le pied en même temps sur la bande métallique et nous voilà à la construction suivante. Le Tondu ausculte la bande avec ses écouteurs. Puis nous repartons. Le manège se poursuit plusieurs minutes. Le grésillement est

25

de plus en plus intense. Nous approchons.

– Hourra ! Les voilà ! s'écrient D'Artagnan et Double-Dose quand nous nous matérialisons enfin devant eux.

Dans la joie des retrouvailles, nous parlons tous à la fois.

– Coamme c'est boan de te retrouaver, Crème-BoaBoa ! s'écrie une drôle de voix.

Et Cocoax saute dans mes bras. Voilà qu'elle parle maintenant ? Ou bien c'est moi qui délire ? J'interroge D'Artagnan du regard.

– Mais elle a toujours parlé ! affirme-t-il.

Pour lui, peut-être, mais moi, c'est la première fois que je la comprends. Peut-être est-ce un effet des bandes métalliques ? Je me tourne vers Double-Dose pour avoir son avis. Et voilà que je l'aperçois en train de discuter avec un personnage extraordinaire : Futuro ! Pas un Futuro en peluche, Futuro grandeur nature, qui bouge et qui parle comme vous et moi ! Est-ce une hallucination collective ?

– N'aie pas peur, me dit Futuro. Je n'ai pas changé. C'est toi qui es devenue comme moi.

– Comme toi ? C'est-à-dire ? je demande.

– Un personnage virtuel, répond Futuro.

– Virtuel ? C'est grave ? je demande.

Futuro m'explique que je ne suis plus faite de chair et d'os mais d'impulsions électriques. Je ne suis plus qu'une image.

– Mais alors, demande Double-Dose, qu'est devenu notre vrai corps ?

– Il est à l'endroit où Guillaume vous a hypnotisés. Vivant, mais à la manière d'un légume. Votre pensée et votre image sont ici, conclut Futuro.

– Ici ? C'est à dire ? demande Le Tondu.

– Dans les circuits d'un ordinateur de CyberAvenue, répond Futuro.

Un silence de mort accueille cette révélation. Mon corps n'est qu'un tas de chair inconscient, et je ne suis plus qu'une donnée informatique ! C'est terrifiant. Je ne mangerai peut-être plus jamais un seul baba à la chantilly de ma vie !

– Est-ce que… est-ce que nous allons définitivement rester prisonniers d'un ordinateur ? demande Le Tondu.

– Non, répond Futuro. Pour réintégrer votre corps, il faut arriver jusqu'à la mémoire centrale, trouver le mot de passe du fichier *Hypnose* installé par Guillaume et le détruire.

Qui attaque les enfants ?

Il n'a pas le temps d'en dire plus. Soudain l'espace est envahi par une armée de choses volantes qui bourdonnent comme des mouches.

– Des virus ! crie Futuro. Vite ! Tous à l'abri ! 28

D'étranges petites bestioles cornues nous attaquent violemment avec leurs piques. Tout en moulinant l'air avec nos bras, nous nous précipitons à l'abri. Les virus informatiques ne renoncent pas. La tôle qui nous sert de toiture résonne sous leurs chocs répétés.

– C'est le virus Waspy RX 51 ! dit Futuro. Un des plus violents !

En effet, mon visage se couvre de boursouflures très douloureuses. Double-Dose prend les choses en main : elle sort de son gilet un flacon de mercure au chrome et pose une goutte de liquide sur chaque piqûre. La brûlure se calme instantanément, mais nous sommes tous décorés de superbes pastilles rouges. Même Cocoax y a droit. Sur sa peau verte, c'est du plus bel effet.

– Merci, Douable-Doase ! s'écrie-t-elle.

La situation est grave : non seulement le virus Waspy nous assiège, mais en plus, nous ignorons le mot de passe des gangsters pour atteindre le fichier *Hypnose* !

9

– Prenons les problèmes les uns après les autres, dit Double-Dose. Pour les virus, je crois que j'ai une solution…

Ma copine ouvre son gilet, en sort un flacon d'alcool et un fin tuyau de plastique. Elle courbe ce dernier à angle droit et y perce un petit trou. Une extrémité du tuyau coudé plonge dans le liquide tandis qu'elle souffle à l'autre bout. L'alcool est aspiré hors du flacon et projeté à l'extérieur sous forme de petites gouttelettes.

– Je vous présente le vaporisateur anti-virus ! s'écrie ma copine. Et je vous garantis qu'ils vont avoir leur dose !

Futuro et D'Artagnan se dévouent pour faire diversion. Visage et mains recouverts de mouchoirs, ils attirent les waspys d'un côté du bâtiment. Pendant ce temps, Double-Dose attaque l'ennemi à revers, en soufflant dans son bout de tuyau. Les premiers virus atteints par le vaporisateur éclatent comme des bulles et sont

29

dissous dans les airs. Mais il en vient de plus en plus, et le niveau de l'alcool dans le flacon baisse dangereusement. Double-Dose lutte de toutes ses forces. Soudain, le vol de waspys change de direction et s'éloigne, abandonnant la partie. La voie est libre jusqu'à la mémoire centrale.

– Dépêchons-nous ! s'écrie Futuro. Ils risquent de revenir !

Nous sautons sur les bandes métalliques et nous arrivons jusqu'à une grande salle. Un mur entier est constitué d'une immense baie vitrée, toute noire. J'ai beau coller mon front dessus, je ne distingue absolument rien à travers. À côté, se dresse un tableau monumental sur lequel brillent des centaines de voyants lumineux : la mémoire centrale !

Le Tondu se précipite, écouteurs en place. Il déroule son fil électrique et se connecte à la mémoire. Aussitôt, un grésillement parcourt le tableau et tous les voyants se mettent à clignoter en même temps. Des éclairs bleus flashent dans les yeux de mon copain et ses cheveux se dressent sur sa tête.

– Pourvu qu'il ne disjoncte pas… je murmure.   30
– Config. syst. auto. exec. mem. ram. ms.

dos… grésille Le Tondu mécaniquement.

Il semble supporter le choc électrique. Il emmagasine les données présentes dans la mémoire, en tournant sur lui-même à toute vitesse. Si jamais nous réussissons à réintégrer notre corps, il sera l'élève le plus doué de la classe, avec toutes les connaissances qu'il aura ingurgitées !

– Fichier-Hypnose-atteint, annonce-t-il d'une voix mécanique. Entrer-mot-de-passe…

C'est le moment d'avoir une idée de génie. Quel mot de passe ont bien pu choisir les gangsters qui nous tiennent en leur pouvoir ?

Tandis que nous sommes plongés dans nos réflexions, Cocoax tire D'Artagnan par la manche :

– Tu viens te proamener ?

– Tu crois que c'est bien le moment d'aller surfer sur Internet ? lui reproche Double-Dose.

– Internet ! La voilà, l'idée de génie ! s'écrie Futuro. Envoyons une annonce par *e-mail*.

– Y mêle ? demande D'Artagnan.

– Le *e-mail* est le courrier électronique envoyé par Internet, explique Futuro. Passons une annonce sur un site Internet. Des milliers de gens nous liront et chercheront avec nous ! À tous, on finira bien par trouver !

– Oalors ? On y voa ? insiste Cocoax en cornant aux oreilles de D'Artagnan.

Tandis qu'il se décide à suivre sa grenouille, l'immense baie vitrée s'éclaire brusquement à côté de moi. Futuro fronce les sourcils, inquiet.

– Que se passe-t-il ? je demande.

Sans répondre, Futuro interroge Le Tondu, toujours connecté à la mémoire centrale :

– Quelle heure est-il ?

– Dix heures. Dix heures. Dix heu…

– Merci ! coupe Futuro. C'est l'heure d'un nouvel atelier à CyberAvenue. Les ordinateurs viennent de s'allumer…

Ainsi donc, nous avons déjà passé toute une nuit au pouvoir des gangsters !

– Pour envoyer notre annonce, il faut utiliser un ordinateur de CyberAvenue, continue Futuro. Cela devient dangereux !

– Pourquoi donc ? je demande.

– Maintenant que les appareils sont allumés, notre message va apparaître sur l'écran et nous risquons d'être repérés.

Au travers de la baie, je vois la pièce où se

déroulent les ateliers. Guillaume, le regard dur, inspecte rapidement toutes ses machines. Mais quand il accueille un groupe d'élèves, un superbe sourire se dessine sur son visage. Quel hypocrite !

Voilà qu'un garçon s'installe et approche son visage de la baie. Instinctivement je recule : c'est un géant qui me regarde avec des cils gros comme mon bras !

– N'aie pas peur, me dit Futuro. Nous sommes juste derrière l'écran de son ordinateur, mais il ne peut pas nous voir.

Pendant ce temps, Le Tondu n'est pas resté inactif. Il a court-circuité le clavier de l'élève qui est devant nous, pour utiliser son ordinateur. S'il est aussi doué que moi en informatique, il lui faudra un moment avant de se rendre compte de quelque chose. Sur son écran apparaît un site Internet très connu que le malheureux élève n'a jamais ouvert. Le Tondu inscrit notre message qui se termine ainsi :

– Guillaume, Hélène, Robert coupables. Recherchons désespérément leur mot de passe !

L'annonce sera lue à Los Angeles, à Tokyo, à Sydney… Parmi tous les mordus d'informatique, il se trouvera bien quelqu'un d'assez astucieux pour nous envoyer le mot de passe de ces bandits !

Mais l'élève dont nous utilisons le clavier s'agite. Il a beau taper sur ses touches, la machine ne répond pas. Il lève le bras pour appeler Guillaume. Déjà, l'animateur se faufile entre les tables pour lui venir en aide.

– Il va lire la fin de notre message ! s'écrie Double-Dose.

Le Tondu enregistre, ferme le site et reconnecte normalement le clavier. Quand Guillaume atteint l'ordinateur, tout fonctionne. Nous l'avons échappé belle !

– Il vaut mieux attendre la pause de midi pour nous rebrancher, dit Futuro. À ce moment-là, Guillaume ira déjeuner et nous consulterons notre boîte aux lettres électronique sans danger.

Pourvu qu'un correspondant ait une idée de génie ! Sinon, nous sommes condamnés à errer dans les circuits des ordinateurs jusqu'à la fin des temps !

Plus le temps passe, et plus j'ai peur que Guillaume et ses complices ne trouvent un moyen de se débarrasser de nous. Et D'Artagnan qui ne revient pas ! Que lui est-il arrivé ?

Qui a trouvé le bon mot de passe ?

– Attention devant !

À peine ai-je le temps de faire un saut de côté que Cocoax et son maître réapparaissent.

– Oaoo ! C'était extroaordinoaire ! déclare Cocoax en bondissant à terre.

– Au lieu d'aller te promener, tu ferais mieux de nous aider à chercher le mot de passe du fichier *Hypnose* ! dit Double-Dose sur un ton de reproche.

– Le mot de passe ? s'exclame D'Artagnan avec un sourire jusqu'aux oreilles. Mais c'est WEB !

Nous avons beau lui expliquer qu'il ne s'agit pas du fichier de monsieur Whé, il ne veut pas en démordre. Il se fâche tout rouge et répète :

– Je vous dis que c'est WEB ! Vous me prenez pour un imbécile ?

– Attention, c'est le moment d'agir ! intervient Futuro.

En effet, la pièce se vide de ses occupants. C'est la pause de midi à CyberAvenue.

– Vite ! Nous avons peu de temps ! chuchote Futuro.

Le Tondu reprend le contrôle de l'écran et consulte notre courrier électronique. Parmi les messages, un correspondant d'Australie nous propose le mot de passe… WEB! Nous n'en croyons pas nos yeux.

– Hoa! Tu voas! me dit Cocoax.

Le Tondu envoie les impulsions électriques nécessaires. Sur l'écran, nous voyons le fichier *Hypnose* s'ouvrir! Comment D'Artagnan a-t-il deviné? Par quelle intuition de génie?

Les explications seront pour plus tard. Il faut désactiver le programme *Hypnose* avant le début d'un nouvel atelier. Mais sur le même fichier, Le Tondu trouve toutes les manipulations qui ont provoqué des pannes au Futuroscope.

– Il faudrait tout remettre en état, dit Futuro, mais aurons-nous le temps?

– Nettoyage-fichiers-en-cours, grésille Le Tondu en se mettant aussitôt à l'ouvrage. Programme-Kinémax-rétabli… Programme-Gyrotour-rétabli… annonce-t-il au fur et à mesure de sa progression.

– Et si nous préparions une surprise à Guillaume et à ses complices? lui murmure Double-Dose.

Le Tondu approuve. Il travaille de plus en plus vite. J'ai peur qu'il ne grille comme une ampoule surchauffée. Mais non. Ses dernières manipulations achevées, il ne lui reste plus qu'à désactiver le programme *Hypnose*. C'est alors que contre toute attente, Guillaume fait irruption dans l'atelier ! Il profite sûrement de la pause pour terminer ses expériences. À peine est-il entré qu'il repère l'ordinateur sur lequel Le Tondu vient d'afficher un énorme titre en lettres clignotantes.

– Vite ! Vite ! s'écrie Futuro. Sauvez-vous !

– Pas sans toi ! je m'écrie en le saisissant par le bras.

Guillaume atteint le clavier avec un rugissement de colère, pose ses doigts sur les touches tandis qu'au même instant, Le Tondu désactive le programme *Hypnose* et se déconnecte. Dans un craquement de tissu déchiré, tout disparaît.

10

Dans les dessous de CyberAvenue, le réveil est dur. Je me sens à peu près comme un hippopotame. Je ne comprends pas comment je peux tenir dans les limites de cette sorte de placard où nous avons été enfermés. Quel étrange cauchemar ! J'en ai encore le cœur qui bat.

Peu à peu, les sensations reviennent dans mes membres ankylosés. Je sens sous mes doigts un tissu très doux. J'écarquille les yeux dans la pénombre : dans ma main crispée, il y a… un Futuro en peluche ! Un Futuro dont le tissu, sur le bras, comporte une large déchirure ! Mais… mais alors, ce n'était pas un cauchemar…

Je me tourne vers mes copains étendus sur le sol, à peu près dans le même état que moi. Leurs idées sont-elles en place ? Comment le savoir tant qu'ils n'ont pas encore parlé ?

– Comment ça va ? je demande à D'Artagnan qui ouvre un œil.

– Coa ? répond-il.

Je sursaute. Il y a une erreur ! C'est Cocoax qui a réintégré le corps de mon copain ! Jamais il ne pourra s'en sortir au collège, même avec notre aide ! Mais il reprend :

– Quoi ? Moi, ça va !

Double-Dose reprend conscience à son tour. Seul Le Tondu reste évanoui. De nous tous, c'est celui qui a eu le cerveau le plus éprouvé. Dans quel état va-t-il nous revenir ?

Soudain, nous entendons des appels qui viennent de la pièce à côté. La porte de notre placard s'ouvre avec violence et une hôtesse s'écrie :

– Par ici ! Je les ai trouvés !

Une armée de gardiens et d'infirmières s'occupent de nous : on coupe nos liens, on nous fait boire quelque chose de chaud, on nous frictionne. En même temps, on nous apprend les dernières nouvelles : au milieu de la journée, tous les ordinateurs du Futuroscope ont affiché en grosses lettres rouges un message dénonçant les coupables. Les imprimantes se sont mises en marche, révélant tous les détails du complot. Aussitôt, les trois gangsters ont été arrêtés. On a libéré monsieur Whé, Émile et

Béa. On est parti à notre recherche.

Tandis que nous quittons CyberAvenue pour rejoindre notre hôtel, je serre dans mes bras un Futuro en peluche au vêtement déchiré. Il me regarde avec de grands yeux expressifs. Jamais je n'oublierai qu'il nous a sauvé la vie !

Quelques heures plus tard, Le Tondu reprend conscience, mais il est cloué au lit, toujours grésillant. Le médecin appelé à son chevet nous déclare :

– Il a le cerveau surmené. Cet enfant prend le travail scolaire trop à cœur… Il lui faut quinze jours de repos complet !

C'est donc sans lui que nous profitons de toutes les merveilles du Futuroscope : pour nous remercier de notre collaboration, le directeur du parc nous a offert deux jours supplémentaires de visite gratuite. Après l'Aquascope, le Solido, l'Omnimax, nous mangeons une glace à la terrasse d'un café.

Il reste un mystère à éclaircir : comment D'Artagnan a-t-il pu deviner que le mot de passe des gangsters était WEB, le même mot de passe que celui utilisé par monsieur Whé ?

– Ben… Avec Cocoax, j'ai fait un petit tour sur Internet. J'ai trouvé un site qui affichait la traduction des prénoms français en prénoms anglais, comme par exemple Peter pour Pierre.

– Et alors ? je demande.

– Guillaume se traduit par William. Hélène, c'est Ellen.

– Laisse-moi deviner pour Robert, interrompt Double-Dose. Ce doit être Bob !

– Eh oui, triomphe D'Artagnan. William, Ellen et Bob, ça fait WEB !

Quelques semaines plus tard, la vie reprend son cours normal au collège. Avec cependant une nouveauté : monsieur Whé reste sévère, mais il a renoncé à nous faire recopier des chapitres entiers du livre de technologie. Je crois qu'il nous a compris…

Quant au Tondu, à force de se reposer, il a tout oublié ! Au bout du compte, il a deux fois plus de travail à l'école pour tout rattraper !

1
des **crins**
Poils épais qui poussent
d'habitude sur le cou
des chevaux.

2
avec **résignation**
En supportant une
situation pénible
sans protester.

3
un **logiciel**
Programme qui
permet à un ordinateur
de fonctionner.

un **icone**
Petite image
apparaissant sur
un écran d'ordinateur
pour représenter
un mot ou
une expression.

4
une **vanne**
Ouverture au bord
d'un trottoir par
où l'eau s'écoule
pour nettoyer
la rue.

5
émouvoir
Inquiéter et
rendre ému.

6
surfer sur Internet
Chercher des
informations dans
le réseau des
ordinateurs, en
passant de l'une à
l'autre, comme un
surfeur sur les vagues.

7
les yeux **rivés** au sol
Les yeux fixés au sol.

8
un **engrenage**

9
des **soubresauts**
Brusques secousses
imprévues.

10
une **ruée**
Tout le monde
se précipite vers
la boutique.

11
une **manipulation**
Manœuvre qui consiste
à faire agir quelqu'un
comme on le souhaite.

12
humer
Renifler les odeurs
qui flottent dans l'air.

13
soupçonneux
Qui se méfie, qui craint
un piège.

14
un bruit de **succion**
Bruit produit par la
bouche quand on aspire
quelque chose.

15
une **disquette**
Petit disque où l'on
stocke des informations
utiles pour les
ordinateurs.

16
échafauder
une hypothèse
Imaginer une
explication possible.

17
se frayer un chemin
Dégager un espace
pour passer.

18

avoir **une araignée au plafond**
Expression familière qui signifie être fou, ne pas avoir son bon sens.

19

une **marmotte**
Petit animal qui aime beaucoup dormir.

les **ancêtres**
Les personnes de la famille qui sont nées avant les grands-parents.

20

manigancer
Préparer un mauvais coup.

21

dépité
Déçu, contrarié.

22

oppressant
Angoissant, si impressionnant qu'on a du mal à respirer.

23

un **tortionnaire**
Personne qui en torture une autre.

24

bifurquer
Changer de direction.

25

ausculter
Examiner, comme le fait un médecin.

26

se matérialiser
Prendre corps, devenir réel.

27
virtuel
Qui n'existe qu'en idée,
non en réalité.

28
un virus
Petit programme
qui se transmet d'un
ordinateur à l'autre,
comme une maladie
contagieuse, et
désorganise ou détruit
les programmes
informatiques.

29
à revers
Par derrière.

30
disjoncter
Interrompre le courant
à cause d'une charge
trop forte d'électricité.
Se dit aussi
familièrement de
quelqu'un qui devient
fou.

31
désactiver
Arrêter un programme.

32
ankylosé
Engourdi, lourd,
à cause d'une trop
longue immobilité.

33
éprouvé
Fatigué physiquement
et moralement.

Les aventures du rat vert

Les aventures de Mamie Ratus

Ralette, drôle de chipie

Les histoires de toujours

Super-Mamie et la forêt interdite

L'école de Mme Bégonia

La classe de 6^e

Achille, le robot de l'espace

Baptiste et Clara

Les enquêtes de Mistouflette

Hors séries

Conception graphique couverture : Pouty Design
Conception graphique intérieur : Jean Yves Grall • mise en page : Atelier JMH

Imprimé en France par Pollina, 84 500 Luçon - n° L88739
Dépôt légal n° 30526 - Janvier 2003